우이도로 가야지

이생진 시집

머리말

　무거운 짐을 내려놓고 맨발로 걷고 싶은 곳, 그리고 시만
생각하고 생각한 시를 소리 내어 읽으며 한없이 걸어 가고
싶은 곳, 그런 곳이 우이도에 있다. 돈목과 성촌의 모래밭,
내 생의 종점에 이르러 이런 시공時空을 얻었다는 것은 정말
행복한 일이다.

　봄 가을에 오면
　빈 바다가 나를 반긴다
　나는 그 바다가 좋아 시를 쓴다
　넓은 바다를 혼자 차지하는 기쁨
　그 기쁨을 시에서 오는 기쁨으로 여기며 살았다
　우이도는 1988년 7월 25일부터 지금까지 그런 인연으로
이어진다.

2010년 5월 우이도에서

이 생 진

차례

우이도로 가야지

목포 — 우이도 2009.8.28. 쇼

여행가방

출발 전의 발랄한 모습은
간밤에 집어넣은 가방 속에 있다
가지고 갈까 말까 하던 물건도 더러 있지만
가방 속은 모두 선택된 표정들이다
여행자의 절대 차출
성가시게 굴 물건은 미리 꺼내놓고 왔다

다시 가보세요

목포에서 세 시간 반

우이도 돈목

갔다 오면 다시 가고 싶은 곳

다시 가도 외로움은 여전히 남아 있고

발자국은 이미 지워지고 없는데

그 사람이 그리운 거 있잖아요

다시 가서 발자국을 찾아보세요

그리움은 땅속에 묻혀도 보인다구요

대나무로 보이고

메꽃으로 보이고

순비기나무로 보이고

통보리사초로 보이다가

금방 모래밭에 파묻힌다구요

우이도로가는길 · 1호
2010.

맨발

맨발로 시를 읽는다

시도 맨발이다

우이도에 오면 신발이 귀찮아

신神도 신을 벗는다

신神과 사람이 맨발이다

자연을 껴안듯 신神을 껴안는다

신神이 시詩 같고

　시詩가 신神 같다

어딜 가는 걸까

– 지하철에서

어느 해 초가을

아침 5시 40분

나보다 먼저 노약자석에 앉아 있는 저 노인

당신은 누군가요

나는 쌍문역에서 탔고

당신은 나보다 먼저 탔으니 창동, 아니면 노원

이처럼 이른 아침에 그도 배낭 하나 나도 배낭 하나

서로 늙은 것도 처량한데

이 아침에 배낭이 닮았으니 같은 길을 나선 것 같아 반갑네

그런데 나는 등산화

당신은 신사화에 신사복을 입은 것을 보니

아들네나 딸네 추석에 왔다 가는 모양인데

그렇다면 나처럼 먼 섬 우이도

목포에서 배 타고 도초와 비금을 지나

우이도 돈목 넓은 백사장

그럼 나하고 한참 동행하겠네

했더니

그 노인은 삼각지로 빠지고

나는 용산역에서 내려

다시 기차를 타네

그는 어디쯤에서 신발을 벗을까

나는 천안쯤 와서 그를 잊었는데

쌍문역 자판기

아침 5시 50분
이 시각에 지하철 자판기에서 커피를 꺼내는 여인
구두 뒤꿈치가 너무 높아
움직이면 커피가 쏟아질 것 같은데

'저 노인이 왜 자꾸 나를 쳐다볼까' 하는 센스가 없어
나는 나를 숨길 수 있어 다행이다
그것뿐이다
돈목으로 가는 아침
그것뿐이다

서울을 떠난다

KTX가 좋다

아니 돈이 좋다

누가 보면 저 노숙자는

KTX를 타고 시 쓰러 다닌다고 하겠다

나도 꼼꼼히 따져봤지만

그 시간에 KTX를 타지 않으면 하루 더

서울에 묵어야 한다

핑계가 좋다

핑계가 좋은 게 아니라

돈이 좋다

돈 싫다는 놈 봤니

하고 내가 내 멱살을 잡는다

07:15 목포 행

KTX 9호 차 3A 석 창가

나는 떠나고

노숙자는 내가 떠난 자리에서 잔다

바닥이다 그것도 잠시

기차가 한강을 지나니

서울을 몽땅 잊는다

천안역

– 손대기*

천안역

역사 불빛이 밝아

손대기 생각이

기차보다 빠르게 달려온다

호두과자를 들고 있다

앉기가 무섭게 물었다

그동안 어디 있었냐고

지리산?

설악산?

아니면

우이도 돈목 모래 언덕?

어디서 노숙했냐고

책은 뭘 읽었으며

뭘 먹고 지냈냐고

솔뿌리 풀뿌리 하고 묻는다

픽 웃는 그의 입에서

라마나 마하리쉬의 침묵이 나오다가

유구불언이더니

기차가 역사를 빠져나가자

옆자리에 호두과자만 있고

손대기가 없다

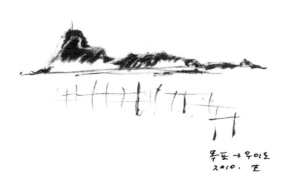

용산에서 목포까지

– 문학 생각

문학

그걸 야금야금 수첩에 적으며 미끄러지듯 가는 재미

그게 기차 타는 재미다

이렇게 창밖을 내다보며 생각을 보태다 보면

시도 되고 수필도 되는 건데

3시간 17분 동안

이만한 시간이면 시 한두 편은 얻을 수 있는 시간이다

아니 단편소설도 쓰겠는데

건너편 4C 석에 앉은 젊은이 3시간 17분 동안 내내

내 머리를 흔들어 놓는다

얼마나 듣기 싫었으면 화장실로 피했을까

화장실에 들어가서 한참 있다 돌아와 보니

그대로 계속이다

그 옆에 앉은 사람 얼마나 피곤할까

그게 기차 여행이다

인생은 여행이라고 했는데

이렇게 인생을 망칠 수가

그러니까

이웃을 잘 만나야 한다

인생은 여행

같은 방향으로 가는 자리에 함께 앉았다고 하면

그때 행복도 불행도 결정되는 것이 여행이다

창밖엔 짙은 가을이 지나가고

인생은 누구나 죽음의 방향이 같아도

생각의 방향은 서로 다른 거

그러나 생각은 소리가 없어

내 생각과 그 사람의 생각이 충돌할 염려가 없는데

소리를 내어 생각을 헝클어놓기 때문에 신경질 나는 것이다

시는 조용한 외로움이 자원인데

그걸 보장 받지 못하면 영 망치고 만다

그렇게 듣기 싫은 소리를 듣다가

3시간 17분이 지나

곧 목포에 도착한다는 자막이 지나간다

2009년 10월 5일 오전

용산에서 목포까지의 여행은

'그 사람 때문에 망쳤다'라고 수첩에 적는다

2009. 尘

목포연안여객선터미널

여객터미널 선풍기 바람 앞에 서 있다가
배표를 끊고 여객터미널을 나오자
갯바람이 내 여행을 안아간다
그 섬에서 보낸 바람이다
언제고 바람이 먼저 와서 나를 데려간다
바람은 몸은 없지만 가슴이 넓다
하늘처럼 넓으니 내가 새 된 기분이다
빨리 그곳에 가고 싶다

뱃사람

목포는 항구다
누가 몰라서 그러나
배를 타면 인생이 달라지니까 하는 소리지
기차는 지정석에 앉아서 좋든 그르든 자리를 지켜야 한다
그런데 배는 자유롭다
선실에서 밖으로 나와 난간을 잡고 걸어도 되고
배가 흔드는 대로 흔들려도 된다
기차보다 훨씬 자유롭다
나는 흔들리는 자유가 좋다

시야가 넓고
순간이 길다

기차는 서로의 존재를 뿌리치고 달아나지만
배는 서서히 지우며 지나간다
눈물을 흘릴 틈도 있고
손수건을 꺼낼 여유도 있다
배는 갈매기를 따라가기도 하고

갈매기가 따라오기도 한다
그러다가 어느 순간에서 나도 모르게 멀어진다
기차는 수평선을 잡을 틈을 주지 않는데
배는 수평선을 잡고도 한참 동행한다
배가 느려서 그런 것이 아니다
포부가 그런 것이다
그래서 뱃사람이라 하지 않는가

목포 그리고 유달산

목포연안여객선터미널

'섬사랑6호'는 우이도로 방향을 틀고

나는 머리끝까지 파란 여정旅情으로 충만하다

섬사랑6호에서 민박집 아줌마를 약속 없이 만나

민박집에서 할 악수를 미리 해버렸다

사무장은 두 사람의 손에서 승선권을 집어가고

배는 쟁기처럼 물을 가르며 유달산을 끌고 간다

가다가 유달산을 어디다 버렸는지

섬사랑6호

저 혼자서 간다

섬 사이로 기어 나오는 바람이 차다

지금부터 여수旅愁는 문학이다

부표

해상에서는
지나가는 항로도 낭만이고
서 있는 부표도 낭만이고
갈매기 혼자 물 위에 떠 있는 것도 낭만이다
여수旅愁엔 낭만이 많다
바다에서 생기는 여수는 시의 플랑크톤이다

초록색 부표
등허리에 3자字라 씌어 있지만
굳이 3자를 기억해야 할 의무는 없고
저 섬은 석도라고 하는데 등대가 희다는 것
그것으로 충분하다
'문학이란?' 하고 물었을 때 꼭 대답해야 하는 의무는 없다
언제 잊었는지
나는 잊으면 그만인 책임 없는 시를 쓰고 있다
나는 책임이란 말을 싫어한다
나쁜 사람이다

바다와 나비

도초도를 지나
등대를 바라보는데
흰나비
내 앞을 지나간다

'아무도 그에게 수심水深을 일러준 일이 없기에
흰나비는 도무지 바다가 무섭지 않다'
김기림의 시 '바다와 나비'
그걸 입증하기 위해
흰나비는 결사적이다
입증하지 않아도 되는데

비금도와 도초도 사이

섬과 섬을 잇는 다리
다리는 밤에 더 길다
비금도에서 도초도로 건너오다가
다리 밑 주막에서 마늘종을 안주로
막걸리 한 병 비웠다
술 이름이 '김삿갓'이어서
마음 놓고 들었다
그러고는 달빛 따라
도초도로 건너오는데
달이 술을 마셨나
내 그림자를 빨랫줄에 널어놓고
환하게 웃는다
보름달은 믿음직하다

저 섬

경치도를 지날 때
'저 섬' 하고 찍어놓은 섬
대야도*
10년째 내 마음에 남아 있는 섬
이번에도 가야지 하고
그대로 지나간다
가야지 가야지 하다가
그대로 지나간 사람들끼리
대야도에서 만났으면
그런 사람들끼리 만나면
또 가고 싶은 섬이 있을 거다

* 대야도 : 전남 신안군 하의면 능산리, 2001년 기록에 의하면 인구 27명.

가도 · 1

역시 가도駕島는

가도嘉島다

금방 떠내려 온 무인도에

초가집 짓고

혼자 살고 싶은 섬

그러나 그것도 볼 때뿐

초가집 짓고 산다고

예이츠의 이니스프리가 떠내려 오나

예이츠는 가도를 팔라고 하고

나는 안 판다고 하고

그러다 잠이 깼다

* 가도駕島 : 우이도 진리 앞에 있는 아름답고 외로운 무인도

가도를 지나

가도를 지나
가도 가도 섬이더니
우이도 돈목
돈목엔 교회가 하나
여선생이 있던 간이학교는 없어지고
여선생도 온데간데없다
그 선생이 왜 혼자
간이학교에 와서
저녁마다 페달을 밟았는지
나는 아직도
그것을 시로 쓰지 않았다
성촌에서 돌아오다 보면
모래밭에 박힌 자전거 바퀴가
그 사연처럼 깊었는데
나는 아직 그 사연을 시로 쓰지 않았다

동소우이도

손이 보인다
동소우이도에 오니
선실은 텅 비고
손이 보인다
내가 갑자기 외로워지는 것은
그 손 때문이다
22년 전에 선실에서 사귄 오 씨가
손을 흔들며 이 섬에 내렸기 때문
열셋에 와서 열다섯에 어부가 되었다던 오씨
그 때 이미 쉰둘이 넘었으니
그후 또 22년
그 사람하고 그 후의 이야기를 나누고 싶다
아니 그 때 이야기를 다시 꺼내고 싶다
손이 보인다
그 손은 언덕을 넘어가고
고압선 철탑만 남았다

서소우이도 · 1

서소우이도에서도
한 사람이 내리고
개와 여인이 마중 나와
셋이 됐다
셋이 뛴다
하나는 네 발로 뛰고
둘은 두 발로 뛰고
여섯 발로 뛰는데
두 발로 뛰는 거나 같다
급한 일이 생겼나 보다
나는
그 섬에 아는 사람이 없다

서소우이도 · 2

마을 소나무가 먼저 사라지고
마지막으로 고압선 철탑이 멀어지더니
아무 것도 없다
있었던 것이 기억나지 않는다
이제 그만이다
다 사라지면
내가 외롭다
나도 없어지면 어쩌나
가끔 그런 엄살로
나를 달래본다

어락도 · 1

황혼 무렵
점점 먹물이 짙어지는 실루엣
어락도만큼 고독에 침식당한 섬도 없다
그런 섬에 반한 나를
어락도에 버리면 어떻게 될까
밤마다 별이 내려와 입 맞추고
달이 와서 안아주겠지
하는 공상
나는 시 때문에 철들지 않는다

어락도 · 2

동소우이도는
남북으로 길고
서소우이도는
아니 그보다 멀리
비금도 도초도
그리고 경치도
언덕에 소나무가
내 눈에 박히고
화도 돌아서
혼자 남은
어락도!
여기쯤에서 나는 바싹
마른 오징어가 된다
심심한 어락도
입술이 마르도록
기다리는

그 할머니와 나

"한웅*이 어머니시죠?
내가 처음 왔을 때
댁에서 민박을 했는데
그동안 몇 번 들렸어도
댁에 안 계시데"

"아들네 가 있었죠
나는 누구신지 모르겠네요"

그도 80
나도 80
80이면 서로 모른 체해도 흉이 아닌데
왜 아는 체했을까
지팡이를 짚고 서 있는 그 모습이
내 모습
바람이 훑고 간 허수아비 같아서
말을 걸었다

* 한웅 : 내가 우이도에 와서 시를 이야기했던 젊은 친구

예리

마을 문이 다 닫혀도
우리 문은 닫지 말자며
늙은 부부가 살았는데
영감이 가고
할멈 혼자
덜컹거리는 바람 소리 이겨내지 못해
할멈도 버리고 간 마을
내가 주워서 헛기침하며 살까
시의 깡다구가 얼마나 세기에
뭘 믿고
종교도 아니면서
며칠을 살다 도망쳐 나오려고
예리
하루에 두 번씩 지나가는
객선에서도
지금은
손 흔드는 사람이 없다

달밤에 피해의식

달이
나보다 미리 나와 있다
달은 서쪽으로 가고
고양이는 담 밑으로 간다

달과 나
나와 고양이

이 밤에 무얼 훔치러 나왔다가
서로 눈치 보며 달아나는가

생맥주 병

생맥주 병
파도에 밀려
성촌 모래밭에 표류된 병
다음 파도에 또 한 번 곤두박질치고
하멜처럼 모래밭에 눕는다
그에겐 난파기를 기록할 펜은 없지만
병 속엔 파도 소리가 살아있다

게들의 축성築城

우이도

돈목과 성촌 모래밭

게들의 집단

게는 수백 수천

늘어나는 수는 번번이 위협적이다

집단은 무섭다

바다는 발이 없고

게는 발이 있어

발이 있는 집단은 무섭다

그러나 게들의 성곽城郭은 부실하다

부실한 집단은 곧바로 무너진다

물에 무너진 성곽

게들은 하루 두 번씩 그렇게 무너져도

칠전팔기七顚八起

다음 날 또 모래성을 쌓는다

무서운 거품

도망치다가
제 구멍을 찾지 못하고
남의 구멍으로 들어간 게
그 집 게에게 쫓겨나
마파람에 눈을 감춘다

게는 거품으로 말한다
어떤 게는 분을 참지 못하고 덤비다가
발이 떨어져 나가고
떨어져 나간 발에서 거품이 인다
게는 거품이 무섭다

2009. 8. 29. 宏

내 그림자

수평선을 바라보던 내 그림자가
물에 잠겼다
물이 밀어도 끄떡하지 않는다
나보다 그림자가 꼿꼿하다
그렇게 힘이 센 그림자가
한 번도 땅에서 일어나지 못한다

이상한 사람

풀섶을 지나
밀려오는 파도를 피해
돈목 모래밭을 혼자 걷고 있으면
나는 나도 모르게 이상한 사람이 된다
게가 물속에 파묻혀
게하고 놀 수도 없고
수평선을 향해 혼자 가면서
중얼거리고 있으면
남들이 봐도 나는 이상한 사람이다

성촌마을 두 사람이 지나가며
이상한 사람으로 의심하다가 넘겨짚고
"어제 오셨죠?" 하고 말을 건넨다
"네"하고 대답했다
알아줘서 반갑다
내가 증명돼서 반갑다
"어느 민박에 드셨어요?" 다시 묻는다
"슈퍼민박요" 하고 안심시킨다

그들은 입증됐다는 듯
바람에 날리는 머플러처럼 가볍게 인증한다

슈퍼민박
우이도 슈퍼민박은
슈퍼가 있고
경운기가 있고
오토바이가 있고
방이 열다섯 개가 있고
이것으로 증명이 끝나면
나는 이상한 사람에서 해제된다

메리
2009.'E

어떤 여자와 나

어떤 여자는 나이 들면서 하고 싶은 일이

문경새재 넘어가기 전

언덕에 암자를 짓고 금강경을 독송하는 것이라고

나는 깊은 섬에 들어가 바닷가를 돌며 시를 낭송하는 것이고

그녀와 나는 아무 상관이 없는 사이다

그리고 나는 이 섬 저 섬 옮겨 다니며

뼹뼹 헛소리만 치는데

암자로 들어간 여자는

꼭 금강경에서 나오는 소리만 토한다

나와는 아무 상관이 없는 사이지만

나를 만나고 간 어느 젊은이가 문경새재 소식을

봄소식처럼 전하고 갔다

이 젊은이가 내 소식을 문경새재에 전했는지 모르겠다

어떤 여자와 나는 아무 상관이 없는데

일몰

돈목의 일몰은 지방색이 짙다
못 보면 한이 되고
보면 노래가 된다
그런데 보는 이가 없다
밀물에 지워질 내 발자국과 나밖에 없다
사람이 없으니 못 보면 한이 될 사람이 없다
그래서 노래는 눈물이 되어도 하는 수 없다

전에는 그 시간에 소가 지나가고
소는 노을이 가라앉은 바닷물을 좋아했다
그 사진을
달력 사진으로 걸어놓기도 했는데
지금은 소가 없다
소 없이 지는 해가 쓸쓸하다
섬에 소만 없어도 섬이 빈 것 같다
그러나 지금 소를 생각하는 사람이 없다
소를 생각하는 것은 나다
김영갑*이 살아 있을 때만 해도

유일한 재산이었는데

오후 6시 3분

일몰 시간

물은 달이 끌어가고

달은 물이 끌어간다

끌고 끌리는 소리

수평선이 벌겋게 달아오른다

내일 나올 해를 남기지 않고 다 태워버린다

2009년 10월 6일의 마지막 순간

오후 6시 11분 30초에서 14분 30초

이 3분간에

태양은 사라진다

저주 받지 않은 하루의 마감이

홍시처럼 말랑말랑하다

돌아보지 않는다

수평선은 태양을 잃은 것을 아쉬워하지 않는다

조용하다

아직 수평선 언저리가 보랏빛으로 타고 있다

* 김영갑(1957-2005) : 제주에서 활동한 사진작가

도요새의 발

도요새를 만나는 아침은
어린애처럼 기쁘다
아침 달은 질투로 창백하고
모래는 아직 촉촉한데
재빠른 발이
도요새의 기분을 이리저리 몰고 다닌다
하지만 성질이 바람보다 가벼워서
살찔 틈이 없다
도요새를 보는 날
나는 하얀 발을 만진 것 같아
집으로 돌아가기 싫다

도요새

아까 해 떨어지기 전에
발 빠르게 움직이던 도요새
지금도 있나 하고 갔더니
날아가고 없다
갑자기 적막해진다
내 체온이 나에게서 빠져 나간다

2009. 12

아름다워

아름다워
그들은 살기 위해 먹지만
먹는 것이 아름다워
내가 시 쓰는 갯가를 돌며
굴 따고
조개 캐고
미역 따고
일하는 것이 아름다워
하루 종일 철썩거리는
파도소리처럼 아름다워
먹는 소리가 아름다워
먹고 사는 소리가 아름다워
굳이 시를 쓰지 않아도
그들은 시처럼 아름다워

아침 바다와 나

바다를 혼자 차지한다는 거
그건 고독에 대한 욕심이다
발밑을 보니
달랑게도 그렇게 차지하고 있다
우리는 서로 소통이 없었는데
고독을 통해서 소통한다
내가 움직이는 그림자에 흔들려
게가 달아난다
달아나게 해서 미안하다
실은 달아나게 한 것이 아닌데
달아나게 해서 미안하다

2010. 1호
우이도 돈목

전신주

전신주가 모두
십자가를 메고 산을 넘어간다
산 너머 산인데
무겁다 하지 않고 산을 넘는다
쉬어가자는 십자가가 없다

섬사랑6호

섬사랑6호가 들어온다

오늘 약간의 바람 때문에

약간 지연됐다

지연됐어도 반갑다

누가 내릴까

오후 4시 7분

7분 기다리는데 지루했다

아무도 기다릴 사람이 없는데 기다린 배

섬사랑6호

불과 3분의 정박

그리고 배는 떠났다

짐만 내려놓고 떠나는 배

아무도 내리지 않아서

아무도 보지 못했다

기다리던 사람이 오지 않은 것 같다

그런 착각이라도 할 수 있어 좋다

우이도 돈목

마을 사람들은 올 사람이 없어도

기다린다

그들은 그렇게 십 년 이십 년 삼십 년

기다린다

배가 떠나고 나니

선착장이 조용하다

혼자 뒤척이는 바닷물

뒤척이는 이유를 알겠다

해가 떨어지는 시간

어제는 일몰이라 쓰고

오늘은 낙조라 쓴다

완벽한 착지

완벽한 낙조를 성공이라고 쓴다

상당히 조심스럽게 내려앉는 신의 원형

6시 7분에서부터 시간을 잰다

나는 해변에 서서

낙조의 착지를 본다

6시 10분

둥근 태양이 물에 잠기기 시작한다

물소리는 그곳에 없고 이곳에 와 있다

해가 달처럼 차[寒]다

6시 13분

태양 밑에 가는 구름이 끼어 있다

해는 가라앉고 파도가 거세게

밤을 때린다

분풀이 같다

하늘이 보랏빛으로 물들고

도요새가 날아와 모래밭을 찍는다

도요새가 날아가고 나니

바다만 남는다

목포 > 우이도
2010. 도

혼자 사는 할머니의 밤

혼자 사는 할머니의 집 앞을 지나는 밤

환한 전깃불

지금 혼자서 무얼 하고 계실까

문살에 그림자도 없다

누워 계신가

그분의 얼굴에서 내려오는 일몰

89

90

91

점점 속도가 빨라진다

별 보러 가자

"별 보러 가자"
아무에게나 할 수 있는 소리가 아니다
별이 꼭 필요한 사람
실은 나도 꼭 별이 필요한 것은 아니다
어두워지니 괜스레
별이 보고 싶다

폐촌 · 1

빈집 추녀엔 제비 집을 짓지 않나 보다

대나무 숲이 서북西北만 막고

동남東南은 열어 놨다

아무도 오지 않는 집 기둥에

녹슨 시계 잠들고

녹슨 재봉틀이 덜덜 떨고 있다

항아리에 아직 남아 있는 볍씨

돌절구엔 댓잎이 수북하다

외양간까지 뻗어가던 대나무 뿌리

이제 소에게 밟힐 염려가 없다

팽나무는 북쪽 가지가 부러져

앓다 앓다 썩은 뼈를 드러내고

우물에 박힌 내 얼굴이 마을 사람이 아니어서 민망하다

마지막까지 썩지 않은 소금

바다의 사리처럼 희다

아기 밥그릇에 묻은 꽃무늬가

지금도 시들지 않고 있다

무당벌레 곱게 입고 담쟁이덩굴에서

그 집 애를 기다린다

나도 한참 기다리다

대나무 소리 잠들고서야 나왔다

폐촌 · 2

폐촌에 옹달샘
지나가는 길에 옹달샘을 들여다본다
내 얼굴이 나온다
그 뒤는 하늘이고
하늘과 내 얼굴
이렇게 잘 어울리는 장면은 처음이다
그걸 그대로 가지고 가고 싶다
그럼 물은 어쩌지
물이 하늘을 놔두고 따라올 수 있을까
하는 수 없이 옹달샘에 내 얼굴을 놔두고 왔다

폐촌 · 3

우이도는
진리가 우이도리 1구이고
돈목은 2구다
몇 구인지는 몰라도 대촌리는 다 떠나고
뽑히지 않는 대나무만 남았다
속상한 텃밭엔 잡풀이 무성하다
저희들끼리만 떠난 데 앙심을 품은 듯
순한 풀잎에 가시가 돋쳤다
특히 대숲은 뒷간을 다 덮고도 뿌리가 남아
마루 밑까지 기어들어
떠난 자들을 샅샅이 색출하겠다는 심보다
쥐가 빈 그릇을 핥다 말고
'우리도 떠나야 하는 것 아니냐'고
서수회의鼠首會議를 제의한다
그들이 돌아오지 않으면 쥐도 떠나야 한다
아니 영리한 쥐는 벌써 떠났다
예리도 폐촌이 되었다는데
폐촌을 찾아다니는 나의 악취미도
여기다 버려야 한다

폐촌 · 4

처음엔

누구보다도 열심히 살려고

기둥을 세우고

떼를 파 엎고

밭에 상추를 심고

소를 기르고

논을 만들어 벼를 심고

쇠똥을 논으로 옮기고

호박을 심어 호박꽃에

벌이 꼬리를 물었는데

몇 년 후

다시 와보니

소도 없고 사람도 없다

어디로 떠난 걸까

다락엔 쓰다 남은 그릇

항아리엔 볏나락

추녀 밑엔 녹슨 호미

마루 밑에서 기어 나오는 뱀

'이놈 잘 만났다' 하고 고개를 든다
뱀도 나처럼 놀랬을까
나는 오던 길을 돌아서 산 넘어 왔다
그때 돈목엔 해가 지고
마을 사람들은 아무도 날 찾지 않았다

버린 일기장

빈집

우이도 돈목

작은 섬마을 인구 서른 명

헌 책상 밑에 버린 일기장

잉크 색이 바래서

얼마 안 있어 글자가 소멸되겠다

1984년 5월 20일(일요일)

'나는 무엇인가,

나는 누구로부터 시작되었으며

무엇을 해야만 하는가

그리고 어디로 가는 것일까?

사랑과 행복은 어떻게 얻는 것일까?

주는 것일까?

진실이란 무얼 말하는가?

나는 왜 살아야만 하는가'

이렇게 써놓고 어딜 갔나

2009년 10월 7일(수요일)

그로부터 25년이 지난 오늘

지금 어디에서 무엇을 하고 있을까

그 사람 만나고 싶다

그리고 일기장에 쓸 때는

누구나 인생이 심각했다고 말하고 싶다

나도 60년 전에는 그런 일기를 썼노라고

뱀

뱀은 꼭
사람 앞을 질러가는 버릇이 있다고 하며
뱀보다 못한 내가
뱀을 미워한다
뱀도 기침을 할 줄 알면 좋겠다

수평선에 대한 욕심

우이도 돈목

상산 너머 또 산 너머

진리마을 뒷산에서

한참 수평선을 바라보다가

수평선에 끌려 정신없이 갔는데

수평선은 갈수록 멀어지고

나는 돌아올 길을 잃었다

그래도 그날 밤 늦게까지

후회하지 않고

늙은 다리를 주물렀다

검은 염소

이미 점령한 자
그 자의 특권이 경이롭다
바윗돌에 앉아 이 영토에
발 들여놓지 말라는 눈치다
긴 수염에
구부러진 뿔
그리고 내가 가는 대로 돌아서서 지켜보는 눈초리
저렇게 나를 지켜보는 동물은 이제껏 없었는데
너무 심하다
나를 어찌하지 못하여 성이 난 모양이다
내가 염소에게서 눈을 떼고 멀리 수평선을 보자
그 후로는 모르겠다
언덕 밑 풀밭을 헤치고 내려간
450미터
이정표보다 가파르다
여기쯤에서 뱀이 길을 막을 텐데 하고 발밑을
대지팡이로 살핀다
벌써 마을 고추가 빨갛게 익었다

시원하다

산 위에서

지팡이랑 나란히 앉아 하늘과 땅 사이를 본다

구름

산맥

바위

소나무

참나무

갈나무

바람은 보이지 않는데

보이는 것들보다 시원하다

매미가 울어서 시원하다

눈이 시원하다

코가 시원하다

입이 시원하다

귓구멍이 시원하고

목구멍이 시원하다

뱃속까지 시원하다

상산봉을 넘어온 바람

바람이 시원하다

표류기 · 1
– 홍어 장수의 표류기

우이도 상산봉에 맑은 우물이 있고
그 우물 속에 구름처럼 떠도는 표류기가 있다
문순득文順得(1777–1847)의 『표해시말漂海始末』
이것이 섬사람의 역사다

흑산도로 유배되어 우이도(당시 소흑산도)까지 와서
자산어보를 쓰던 정약전(1758–1816)이
그 붓으로 문순득의 입에서 나오는
3년 2개월 동안 겪은 표류담談을 받아썼다

문순득 일행이
태도에서 류큐로
류큐에서 필리핀 루손 섬으로
그곳에서 마카오로
마카오에서 중국으로 떠내려갔을 때
중국 베이징에서 만난 조선 문신
이해응李海應(1775–1825)이 그들에게 술을 권하며 하는 말이
'문장에 안목이 있었던들

시로 한을 풀었을 텐데' 하며

돌아가거든 바다를 그만 두고 땅을 파라 했다

하지만 문순득이 고향에 돌아와서도

땅은 파지 않고 홍어 장사를 계속했다

사면이 바다인 섬에서 어찌 바다를 외면할 수가

우이도 진리 문채옥씨(2011년 봄, 死亡)는 조상이 남긴

『표해시말漂海始末』을 90 평생 가슴에 품고 살았다

『표해시말漂海始末』

이것은 바다가 떠밀어도 떠밀어도

바다에 뿌리박고 살 수밖에 없는

섬사람들의 숙명록宿命錄이다

표류기 · 2

— 장한철(1744 – ?)의 표해록[*]

생사生死

섬 하나가 온통 울음바다다
하룻밤 사이에 한 배에 탔던 스물아홉 명 중 스물한 명이 죽고
여덟 명이 살아남아 발에 밟힌 지렁이처럼 길바닥에 누워 있다
제주에서 뭍으로 여든 번을 드나들었다는 사공도
이번 풍랑에는 머리를 흔든다

과거科擧 보러 가던 장한철張漢喆이 스물하나의 지방紙榜 앞에
얻어온 밥 한 술씩 떠놓고
그들을 삼킨 바다를 꾹꾹 찌르는 목소리로 제문祭文을 읽는다
'아아 슬퍼라 사람에게 죽음보다 슬픈 것이 또 있을까'로
시작하는 제문에 살아남은 여덟 명이 통곡하고
마을 사람들이 눈물을 더한다

장한철은 풍랑에 길을 잃은 배에서 절벽으로 뛰어내리다
다친 다리로 어둠을 헤집고 나와
사라진 스물한 명의 넋을 달래느라 제문을 계속 읽는다

78

'폭풍이 끌어가는 것을 붙잡지 못했노라'고 땅을 치며 운다
한때 표류인 모두가 한라산이 보인다고 기뻐했는데
부모 형제자매 처자들이 저 산언덕에서
기다릴 거라고 소리쳤는데
하룻밤 사이에 유명을 달리했으니…

해적

작두와 창을 들고 배에 올라온 괴한들이
손을 뒤로 묶어놓고 금은보석을 내놓으라 눈을 부릅뜨고
그것도 부족해서 거꾸로 매달고
닻과 돛대를 부수어 바다에 던진다
그리고 부서진 배를 끌고 가다가
바다 한가운데에 버리고 사라졌다
바다에서는 파도와 고래만 무서운 줄 알았더니
낯선 배도 낯선 사람처럼 무섭다

남의 표류기

이렇게 남의 표류기를 읽으며 울기는 처음이다
그건 내가 즐겨 다니던 섬에서 당한 일이기에 그렇다

여서도
청산도
소안도
노화도
이름만 대도 아름다움이 떠오르는 섬인데
이게 웬 일인가!
그렇다면 그 바위들이
밀물이면 물에 잠기고
썰물이면 물 위로 올라와
비바람엔 이를 갈고
청명한 날엔 손짓으로 유혹하고
눈보라 치는 칠흑 같은 밤이면
칼을 갈고 있었다는 이야기인가

그래서 장한철이 제문 읽는 소리가
내 가슴을 엔다

고래 밥

표류!
여북하면 섬사람들이 아들 낳고도 '고래 밥'이라 했을까
1770년 12월 25일
장한철이 장사꾼들과 함께 탄 배가 제주도 애월을 떠나
순풍에 돛을 달아 이틀이면 육지라는데
엉뚱한 오키나와 어느 무인도에 표착했으니
해적들에게 털리고
지나가는 상선을 만나 이젠 살았다 했더니
베트남 선원들이 자기들 조상의 원수라며 매질하고
흑산도 근해에서는 섬으로 기어 올라갈 것 같았는데
다시 청산도로 떠내려 와
스물한 명은 죽고 일곱 명은 도중에 돌아갔다

혼자 서울에 도착한 장한철
과거 시험에 합격했으면 그래도 모르겠는데
그것도 떨어져 무슨 낯으로 돌아간단 말인가
차라리 고래 밥이나 되었던들 하고 고개 숙인다.

고향에 돌아와도

고향으로 돌아온 일곱 명도
네 사람은 그 사이에 죽고
두 사람은 앓아누웠다
한 사람은 다른 곳으로 이사 가서 없고
죽은 사람의 무덤 앞에서 또 한 번 통곡하는 장한철
'그래도 자네들은 고향 땅에 묻혔구려' 하며
바다에서 돌아오지 못한 스물한 명의 설움에 복받쳐 운다
그리고 그 험한 길을 다시 찾아가
5년 만에 과거에 급제한 장한철!
그의 가슴엔 강한 의지와 뜨거운 눈물과

부드러운 낭만으로 가득 차 있어 항상 따뜻했다

『표해록漂海錄』은 장한철의 그런 인간사人間史다

* 장한철의 표해록 : 장한철 지음, 정병욱 옮김, 범우사(2006년)

표류기 · 3

― 최부崔傳(1451-1504)의 표해록[*]

구사일생九死一生!

누구에게나 한 번쯤은 있어야 할 구원의 손길

풍랑에 돛을 잃고 무인도에 표착해

해적에게 폭행당하고

먹을 것이 없어서 오줌을 받아먹고

살아남은 구사일생九死一生

이번엔 최부의 표해록漂海錄이다

장한철은 제주에서 과거科擧 보러 가던 사람이고

최부는 장한철보다 300년 전 나주 사람이다

바다와 바람이 있는 한

김배회金杯廻의 표류기(1471)

김비의金非衣의 표류기(1477)

정회이楨廻伊의 표류기(1501)

이방익李邦翼의 표류기(1797)

이밖에 표류했어도 표류기를 쓰지 않은 사람이 부지기수다

최부는 제주에서 부친상 부음을 듣고

순풍이면 이틀에 닿을 육지를

136일간

죽음에 끌려 다닌 악몽을 생생한 기록으로 남겼다

첫날부터 닻이 부러지고

배에 탄 군인들은 반란을 일으키고

죽어도 배와 함께 죽자고 몸을 배에 묶고

풍랑에 시달리고 불평불만에 시달려도

살아남은 구사일생

그렇게 136일간을 떠돌다가

마흔세 명 모두 살아서 돌아왔으니

이건 기적의 기적이다

* 최부의 표해록 : 최부 지음, 김찬순 옮김, 보리(2009년)

표류기 · 4
– 최부의 윤정월 5일

누구에게나 마지막이라는 것이 있다
그것이 우리에게 밀어닥칠 때
한 배에 탄 사람들의 한탄은 이렇다

그건 온순한 바위가 아니라
눈먼 암벽 같이
또는 지진에 깨진 무분별한 암층같이
그 바위조각을 함부로 집어 던지는 무차별
그렇게 암벽을 넘나드는 파도
파도가 산山만한 괴력으로 때릴 때
낙엽처럼 실의에 찬 배가
거센 바람에 놀아난다
지금 한 배에 탄 사람들이
운명아 운명아 아우성이다

제주의 추쇄경차관推刷敬差官* 최부는
그 순간 인장印章과 마패馬牌를 깊숙이 챙기고
굴건에 상복을 입고

무정한 하늘을 향해 울부짖는다
세상에 이럴 수가
오직 충효밖에 모르고 살았으며
원수를 만든 일도 없고
임금님을 받들어 제주에 왔다가
아버지 상사를 듣고 돌아가는 길이니
하늘이여
제발 순풍으로 우리를 인도해주시오

살아서 아버지 시신을 장사하고
늙으신 어머님을 봉양하며
임금님께 충성할 수 있게만 해주면
만 번 죽어도 한이 없으니
그때까지만 참아주시오

그러나 바다는 인간의 소리 같은 거 안중에 없다
파도는 높이 일어나 배 안에 든 사람들을 덮친다
배가 흔들리는 대로 물에 젖은 몸이 이리 뒹굴고 저리 뒹군다

사람들은 비명을 지르지만 파도가 그마저 가로챘다

최부 옷을 찢어 몸에 감고
그것을 다시 배 안에 있는 중방목에 묶어
죽으면 시신이라도 배와 함께 떠돌게 한다
그러고는
"물을 퍼내라 배에 들어오는 물을 퍼내라"
하지만 물을 퍼낼 그릇이 없다
북을 찢어 물그릇을 만들어
퍼내고 퍼내도 물이다
물이 무섭다

살려면 죽을 각오를 해야 한다
선상에서는 합심해야 산다고 외친다
그러나 이젠 밤새도록 떠돈 배가 방향을 잃었다
여기가 어딘지 모른다
날만 개어도 낮엔 해를 보고
밤엔 별을 보고 방향을 찾을 수 있는데

몇 날 며칠을 비바람에 구름으로 덮었으니
별도 없고 해도 없다
오오 믿었던 방향
그 방향이 없다

경치도 2009. 8. 28

* 추쇄경차관推刷敬差官 : 나라에서 시키는 노동이나 병역을 거부하고
달아난 사람을 찾아내어 잡아오는 관리.

표류기 · 5

혹시 김비의金非衣를 아는가?

강무姜茂 이정李正은?

그럼 현세수玄世修 김득산金得山 이청민李淸敏 양성돌梁成突

조귀봉曺貴奉은?

모르는 게 당연하지

이들은 이들을 삼켜버린 바다도 모르니까

1477년 2월에 제주 밀감을 진상하러 가다가

열하루 만에 김득산은 병으로 죽고

열나흘 만에 풍랑에 배가 부서져

감귤은 감귤대로 떠내려가고

현세수 이청민 양성돌 조귀봉은 시체로 떠돌았지

김비의 강무 이정은 널빤지에 매달려 유구로 떠내려가고

그곳에서 2년(1479년 6월 22일)만에 돌아왔으니

성종은 홍문관을 시켜 전말을 진술케 했다

그 기록에 이들의 이름이 들어 있어

아직도 표류기에 남아 있는 거다

그러고 보면 기록이란 존재를 존재케 하는 존재다

표류기 · 6

– 바람 잘 날 없다

바람 또 바람
섬은 바람 맛이다
그 바람에 산이 살고 물이 산다
그 바람에 나무가 흔들리고 꽃이 흔들리다가
마음이 흔들린다

그러나 사람이 남기고 간 표류기는
서로 소통일 수 있고
새로운 발견일 수 있다
그런 점에서
표해록은 전화위복이다

그것은 운명이지만
행운이다
그래서 문순득은
류큐 사람들의 풍물을 알고 담배를 알고 돈을 알고
필리핀 말을 알고
그것을 바탕으로

우리나라에 표류된 필리핀 사람과 말이 통했다
바람을 잘 만나면 시가 되고 노래가 된다
풍월風月
풍류風流
풍신風神
풍인風人
모두 사람을 말하는 말이다
왜 바람이 들어갔을까
시인을 풍인이라 하지 않는가

바람을 잘 먹어야 한다
파란만장波瀾萬丈이니
바람 잘 날 없다느니
모두 바람과 물을 가지고 사람을 만들기 때문이다
그런데 표류란 바람과 물에 알몸으로 부딪치는 거
얼마나 어려운 역정歷程인가
섬사람들은 바람 잘 날이 없다

풍랑과 배

가벼운 배
흔들리는 배
공연히 흔들리기만 하는 배
때리면 울지도 못하고
얻어맞기만 하는 배
바람에 약한 배

그 배를 탄다
운명은 배에 맡기고
배는 운명을 바다에 맡기고
바다는 배를 바람에 맡기고
모두 맡기고 사는 것들
그래도 선주에게 책임이 있지만
그때 가선 선주도 책임을
바람에게 돌린다

대나무 숲

창문을 열면
흔들리는 것은 대나무 숲
전신주는 꼿꼿이 서 있는데
흔들리는 것은 대나무 숲
바람은 흔들리는 것과 동업한다
대나무의 흔들림이 심하니
오늘은 배가 들어오지 않겠다
배가 들어오지 않으니 아무도 나가지 못한다
그것이 하루 이틀 사흘 나흘
이렇게 되고 보니
섬에 들어왔던 사람들이
바다보다 깊은 시름에 빠진다
대나무 밭에 시름이 고인다
대나무는 바람의 육신
한 마리 새가 대나무에 앉아도 흔들린다
감전이다
전신주에 수십 마리의 까마귀가 앉아도 움직이지 않는다
무감전이다

진짜 전류는 대나무에 있다
신장대
귀신이 타고 온 배
귀신이 타고 나간다

목포 + 우이도
2010. 봄

가을 나비

나비
노랑나비
힘이 없다
모래언덕을 넘다가 지쳐서
쑥부쟁이 꽃에 기대어 할딱거린다
봄엔 예뻤는데 가을엔 불쌍하다
불쌍할 때까지 살아서 부끄럽다
춥기 전에 단념해야 했는데 하고
먼저 간 것들을 부러워한다
파도소리에 쫓기는 갯강구
갯강구는 어디까지 도망칠 작정인가
나비도 도망칠 생각은 없는지
춥다
날개가 접히지 않는다

일몰 불임

오늘은 일몰이 불임이다

구름이 심술 부려서

태양이 물길로 가지 않고

구름 뒤로 숨어서 내려갔다

다 간 하루지만 하루가 무의미하다

일몰을 구경하지 못한 발이 시름없이

내일을 기다린다

그건 사치라고 하지만

보는데 주력하는 사람의 눈엔

일몰은 거대한 임신이다

아쉽다

오늘은 불임이다

별

밤에
돈목 모래밭에 앉아 별을 본다
하늘이 허허벌판이다
낮에 본 폐촌과
표해록을 쓴 후손과
산상봉 불빛과
어둠에 길 잃은 푯말과
나와 게와 어둠이
돌아와서 나도 모르게 잤다
일어나보니 새벽 3시
대촌리 빈집 시계는 9시 30분
이 시간에 내가 왜 나와서 모래밭을 걷는지
별이 나를 의심한다

새벽달

어디서 우는 소리가 나기에
자다가 뛰쳐나와 보니
새벽달이 울고 있다
새벽달이 야위었다
천고마비天高馬肥라는 가을에
너무 야위었다
달이 운다
배고파서 우는 것 같다

겨울 백사장

갯메꽃
순비기나무
통보리사초
이런 것들이 모래밭 게시판에 남아 있다
겨울 해수욕장에 남아 있는 것들은 가난하다
갯메꽃은 여름 한철이고
순비기나무는 가을에 똑똑하다
통보리사초는 묘비만 남았다
겨울 백사장은 주인 잃은 황무지
게들도 할 일이 없어 밖으로 나오지 않는다

한 젊은이 · 1

− 손대기

그는 항상 20킬로 짜리 배낭을 메고 다닌다

나와 처음 만난 것은 2008년 초가을

그는 서른 전후이고

나는 여든 전후 그것만 짐작하지

확실한 나이는 서로 밝히지 않았다

나이가 필요 없이

만재도 가는 배에서 만났다

그는 모자를 쓰지 않고 다닌다

그는 책을 읽는 청년인데

글을 쓰지 않는다

그는 나보다 일찍 라마나 마하리쉬를 알았고

우이도 돈목에서는

리처드 도킨스의 『만들어진 신』을 읽고 있었다

그건 내가 먼저 읽은 책이다

그 책 이야기를 하다가 별을 보다가

나는 방으로 들어왔고

그는 그대로 노숙했다

그는 책 읽는 노숙자다

우이도 돈목
2009. 8. 29. 生

한 젊은이 · 2

– 손대기

강화도에서 만났을 때
그는 포도밭에서 일하다 왔다고 했다
손에 포도물이 들었고
입에서 포도 냄새가 났다
강화도 연화강 미루나무 밑에서
막걸리를 마시며
바다 이야기를 하다가
비닐하우스에 들어가 야생화를 봤다
나는 하우스가 야생화의 어항 같다고 했고
어항은 결코 행복한 데가 아니라 했고
섬에서 익힌 버릇이라며
커피는 자판기 커피가 값싸고 좋다고 했다

미루나무 잎이 떨어지기 시작할 때
그는 쓸쓸한 포도밭으로 돌아가고
나는 서울로 돌아왔다
그는 아무리 쓸쓸해도 시는 쓰지 않았다

걸어간다

인생은 걷는 재미다

살아서 걷는 재미

잠자리는 무슨 재미일까

돈목의 가을은 고추잠자리로 시작한다

잠자리는 날아가는 재미

나는 도리산을 걸어서 가고

잠자리는 날아서 가고

그것은 삶의 기본이며 건전한 노동이다

그것은 쉽고 값싼 철학인데

요즘은 고가로 팔린다

다비드 르 브르통의『걷기예찬』이 25,000원이고

베르나르 올리비에의『나는 걷는다』가 9,500원

조지프 A. 아마토의『걷기 인간과 세상의 대화』가 10,000원

윌리엄 버드와 베로니카 레이놀즈의『건강 워킹』이 10,000원

이강옥의『뛰지 말고 걸어라』가 12,000원

세실 가테프의『걷기의 기적』이 9,000원

이들은 걸으라 걸으라 했지만

결국 책은 글이고 글은 걷지 않고 나만 걷는다

나는 글 때문에 책을 샀고

그 책을 읽음으로써 걷기에 철학이 붙는다

나는 지금 걷고 있다

사구沙丘든 숲 속이든

모래밭이든 통보리사초밭이든

순비기나무 오솔길이든

걸으며 생각하며

보며 들으며

느끼며 걷는다

나는 지금 돈목에서 성촌

성촌에서 다시 돈목으로 걸어가고 있다

섬 노숙자

남쪽 섬 노숙자는 공부하는 노숙자다
헌데 술에 취해 책을 놓칠 것 같다
라마나 마하리쉬
'그대 자신을 알라'
술보다 진한 나眞我
요즘은 나보다 술이 진해졌다
그러면 안 되는데 하며 나도 그와 술을 마셨다
몇 달 후 그에게서 문자가 왔다
'나는 슬픈데, 너도 슬프니' 하고
제비 똥 같은 문자
그래서 나는 갯바람이 스미는 그의 천막 줄처럼
마음이 바르르 떨렸다
'나도 슬프다, 이 자슥아'

아무도 없다

밤바다에는 아무도 없다
아무도 없어야 한다
몰론 라마나 라마히쉬도 없어야 하고
나도 없어야 한다
없으면 서로 편하다

구름은 한 점
바람에 밀려 동으로 간다
바다는 갈 곳도 없으면서
떠날 것처럼 움직인다
아무리 움직여도 그 자리다
그 자리에 고기가 있다
낚시를 들이대고 몇 마리 건져간다
그들은 냉장고에 두지 않고 산 채로
바다에 뒀다가 건져간다
생명을 보관했다가 건져간다
서로 없으면 살상도 없다
모두 없어져 버리자

바다의 유혹과 시의 타락

왜 지도를 펼까
서울/목포
'목포는 항구다'*
'목포의 눈물'*을 싣고 떠나는 항구다
항구에서 섬으로
외로움을 참지 못하는 성깔이
서로 손을 잡았다
비금도와 도초도
손이 아니라 다리
다리는 들뜬 맘의 구름

지도를 펴지 않아도 갈 수 있는 길인데
왜 지도를 펼까
길을 찾으려고
시의 길엔 이정표가 없다
보랏빛 순비기 꽃이 깔린
우이도 돈목 모래언덕을 지나
갈수록 작아지는 성촌마을

싱싱한 바다의 육질을 밟는 맛에
내 시도 많이 타락했다

* 이난영의 노래

우이도 돈목

우이도 돈목에 와서
'우이도 인심'*을 읽는다

'손바닥만 한 질경일 봐도
그 마을 인심 알 것 같다
1988년, 올 같은 해
생긴 사람은 모두 서울서울 하는데
왜 이곳 제비들은 서울에 안 갈까
63빌딩 눈부신 옥상에 집을 짓지 않고
돈목 마을 낮은 추녀 밑에 집을 짓고
빨랫줄에 앉아 무슨 수선들인가
행복이란 어디서나 마음 놓고 사는 것
무슨 공화국을 세워놨기에
제비들은 저렇게 즐거운 걸까'*
마을 사람들은 마당에 앉아 별을 보고
별들은 하늘에서 내려다본다
나는 우이도 돈목 민박집 마루에 앉아
22년 전에 쓴 시를 읽는다

그때에도 오늘처럼

별이 가득 차 있었고

풀벌레 소리 그득 했었다

우이도. 2010. ½

* 시집 『섬마다 그리움이』, 동천사(1992년) 중에서

가을 바다

산도 가을이지만
바다도 가을이다
가을 산은 풍요로워서 좋고
가을 바다는 쓸쓸해서 좋다
가을 산엔 떨어진 열매가 많고
가을 해변엔 버리고 간 쓰레기가 많다
아직 한 모금의 커피가 남아 있는

Let's Be 캔 유효기한 2009.10.7 10:51 F2

유효기한도 없이 혼자된 파란 슬리퍼
어느 구석에 남아 있을 너의 열기를 찾기 위해
나는 맨발로 걷는다
너를 찾는 동안 바닷가에 남은
발자국이 쓸쓸하다

몽유도원도

몽유도원도

꿈속에서 놀아야만 몽유도원인가요

내가 가서 모래밭에 그려놓은 그림

밀물에 지워졌어도

그리움은 지워지지 않았네요

이젠 봄을 기다려보세요

모두 꿈속 같잖아요

몽유도원도는 지워도

지워지지 않는 그림이지요

밀실

비가 억수로 바람과 합세하던 날
나도 게처럼 구멍을 찾던 날
우이도 성촌 모래밭 추억이 무참히 부서지던 날
바위틈에 낀 밀실에 앉아
소리 없는 고문을 했다
뭐 하러 왔냐고

게 구멍

우이도 돈목
모래밭에
썰물이 되면
수없이 늘어나는 게 구멍
나도 발 빠른 게 집에 들러
모래장난 치고 싶다

과잉

저녁바람에 밀물이 서두르기에
신발을 찾아 들고
모래밭을 지나
통보리사초 밭을 지나
순비기나무를 헤치고
민박집으로 왔다
나는 제대로 왔는데
그 많은 게들 구멍에
물이 들면
제 집을 찾지 못해 어쩌나
잠자리에 들며
그런 생각을 했다

밤바다

밤새 뒤척인 바다에 시달린 모래밭
등대불도 없는 어둠 속에서
무서운 꿈을 꿨나 보다
다음날 아침
식은땀이 주르르 흐른다

치고 싶다

치고 싶다
미치고 싶다
손뼉을 치고 싶다
파도처럼 손뼉을 치며 미치고 싶다

전설

우이도 돈목 아가씨는
모래를 한 말쯤 먹고서 시집간다고 했는데
지금 돈목엔 아무리 모래바람이 불어도
모래를 들이마실 아가씨가 없다
모래바람도 그에 화가 났나
어제는 순비기나무를 덮치더니
오늘은 통보리사초
여북하면 사초沙草 모래 풀인가

묵호─울릉도 2008.8.28.
生

순수하다는 거

순수하다는 거
거기에 귀를 기울인다
그건 미친 소리일 수 있다
그러나 미친 소리에 귀를 기울여라
그게 시다
그렇게 미쳐서 흐뭇할 때가 있다
그게 행복이다

선상 스케치

하나도 놓치지 말아야지
눈의 욕심
손의 욕심
마음의 욕심
하나도 놓치지 말아야지

섬 모퉁이
이 작은 등대
낮에도 조심하라 한다
등대는 내가 어딜 가는 줄 알까
그건 몰라도 조심해 가라는 말은

꼭 하고 싶은 말이다
그 말을 하지 못하고 손도 못 흔들고
낮에는 답답하겠다
모퉁이를 돌아서면 또 섬
인간은 섬 속에서 사는 거
그래서 섬처럼 외롭다 하는가

갑판에 쭈그리고 앉아서 섬을 그리는
내 모습
무엇인가 그린다는 것은
마음에 그리움이 있다는 거
그것 때문에 나도 그림처럼 외로워진다

갑판에서 꿈으로 그림을 그리는 사람
그 사람도 섬처럼 조용하다
섬은 눈뜨고 보는 꿈이다

그때 그 사람

그때 그 사람을 생각하며 간다
여행이니까 할 수 있는 아름다움
그 사람은 전혀 그런 생각을 하고 있지 않겠지만
나는 생각한다
나는 그 생각으로 앞에 보이는 산에도 꽉 그 생각이다
내 옆에 앉았던 노인
78세라고 했지
임자도에 사는데 농사만 만평 손수 짓는다고
아들이 오라고 해서
서울 63빌딩도 올라가보고
멀리 통일전망대에도 가보았지만
무엇이 무엇인지 그저 바다만 못하더라고
그때 그 사람
그리고 그가 다시 돌아간다던 섬 임자도

내가 가 본 적이 있다
그러나 그 노인을 찾아볼 생각은 없었다
그저 그가 63빌딩을 가보듯

통일 전망대를 가보듯

그 사람의 섬 임자도에 갔다

그래서 임자도 하면 그 노인이 생각난다

2009. 8. 29
우이도 作

저 등대

이제 막 시를 읽기 시작한 소녀처럼
오오 하고 놀래는 감탄사
저거야
내 마음은 등대야
작은 섬에 혼자 서 있는 등대
내 심정을 누가 저렇게 빼다 박았나
아무리 좋은 카메라라도
내 마음을 쏙 빼낼 수는 없는 것인데
내 마음이 저렇게 거짓 없이 서 있는 것은
하고
내 밤에 불을 켜고
내 새벽을 흔들어 깨는
시는 그래서 좋고
등대는 그래서 시와 가까운 것이다

지나가는 등대

어쩌다 지나가는 등대
아니 등대는 서 있고
배가 지나가는데
등대가 지나가는 것 같다
그리움이 지나가는 것 같다
착각
혹은 오진
시는 오진일수록
심오하다

무인도가 된 경치도

유인 등대에
유인도
무인 등대에
무인도

무인도가 된 경치도는
흥분한 어조로
'아예 등대를 뽑아가라' 한다
경치도 나무뿌리마다 핏대를 올리며
나무도 뽑아가라 한다
왜 그러는지 모르겠다
외로움을 참지 못해서 그러는 거겠지

가도 · 2

가도駕島를 지나

동소우이도

서소우이도

그리고 어락도

결국 우이도 돈목

이름을 알면 이름은 쓸쓸하고

이름 없는 전신주가 산을 넘어 어디로 갈까

지나가던 배는 말없이 수평선을 넘어갔고

석양도 따라 넘어가니

모두 어디로 간 것일까

간 것들은 모두 어디에 머문 것일까

없어진 것을 '간다' 하니

어디로 가서 돌아오지 않는 걸까

쓸데없는 생각인데

무슨 인연처럼 연결된다

있어서 반갑다

해가 서쪽으로 기울 때

나도 서쪽으로 기운다는 거

묘한 인연이다

그러다가 해는 말없이 바다에 가라앉고

나는 남은 길을 서두른다

이때부터 외로움의 시작이다

낯선 민박집을 찾아 짐을 내려놓고

새로운 영토에 나를 심는다

그것을 기록하는 일은

꼭 읽어서가 아니라

그저 손버릇이라 하는 수 없다

그런데 아까 함께 서쪽으로 오던 해는

어디쯤 갔을까

미처 생각하지 않았던 것을 꺼낸다

일몰의 거대한 충격에 비하면 내가 너무 무심했다

그래도 다음 날 아침 동쪽으로 떠오르면

나는 이 집에서 잤다고 할 거다

일방적인 생각이지만

무심했던 서로의 있음이
있어서 반갑다

수평선 · 1

수평선

선

범람하지 않는 선
바람에 날아가지 않는 선
손수건으로 지워지지 않는 선
가까이 가도 잡을 수 없는 선
절대로 돌아오지 않는 선
어딜 가야 만져 볼 수 있을까

수평선 · 2

수평선 그리기
좌측에서 우측으로
쫙 그으면 되는데
그 한번이 어렵다
수평선이 잘 되면 얼마나 잘 되겠니
하지만
수평선엔 배와 물고기 이외에도
들어 있는 것이 많다

나그네의 애수가 있고
실연이 있고
실망이 있고
실직
뭐 실失자가 아니어도
들어 있는 것이 많다

그림으로 그린 시

가끔
걸어가다가
물론 맨발로 걸어가다가
시를 언어로 쓰지 않고
그림으로 쓰고 싶을 때가 있다
그땐 서슴지 않고 붓을 꺼내
그림을 그린다
아니 시를 그린다
아니 풍경을 그린다
아니 파도소리를 그리지 못했다
아니다 그리지 못한 것이 아니라
그림 속에 있으니
현명한 귀로 그것까지 읽어라
붓은 책임질 수 없다고 한다
현명한 귀는 그것을 잘 읽어갔다

우이도 성촌마을

성촌마을은
돈목마을보다 더 야위었다
교회도 없고 폐교도 없다
나는 불쑥 외로움을 자랑한다
성촌 백사장은 그만큼 혼자 외치는 소리가 많다
떠내려 온 수심愁心도 많다
떠내려 온 대나무 지팡이를 줍는다
김삿갓이 여기까지 온 기분이다
막걸리 생각이 나는데
이 마을엔 막걸리가 없다
오 그렇지
바다막걸리
바다막걸리 한 잔
나는 그것을 마시고 비틀거린다

아무도 지나가지 않은 모래밭

아무도 지나가지 않은 모래밭을
도요새가 지나갔다
도요새가 지나간 발자국 하나만으로도
내가 왜 반가워해야 하는지
모르겠다
내가 우이도 돈목에 오기 전까지만 해도
도요새 발자국은 관심 밖이었는데
도요새가 지나갔다는 것
그것도 발자국만 남아 있는데
내가 왜 흥분해야 하나
나도 모르겠다

민박집

비 오는데 배가 왔다
우중에 오는 배가 더 반갑다
우리는 민박집을 떠난다
떠나기 전에 사진을 찍자 한다
우산을 받들고 찍자 한다
인물보다 정을 찍자는 건데
그집 개가 제일 먼저 와서 꼬리를 흔든다
아무도 쫓는 사람이 없다
그집 개도 함께 찍었다

그곳에 있을 때와 그곳을 떠났을 때

삼박 사일 혹은 사박 오일

그곳에 있을 때는

순비기나무고

통보리사초고

심지어 늙은 민들레까지도

만지고 싶었는데

그곳을 떠나

집에 와 있으니

다 잊었다

꽃도 잊고 나무도 잊고

늙은 민들레도 잊었다

그곳에 버리고 온 빈 음료수 병

내 추억도 쓰레기라면

그걸 치우느라 불평하겠지

헌데 내 추억엔 빈 병이 없다

벗어놓은 신발

여기서부터 신을 벗는다
누가 하자고 해서가 아닌데
신을 벗는다

엄숙해서가 아니고
거룩해서가 아니고
불편해서가 아니다
그저
자유롭기 때문이다

돈목 선착장

들어오고 나가는 사람들
슈퍼민박 아줌마는
잘 가라고 손을 흔들고
그 손으로 들어오는 사람의 짐을 받아
리어카에 싣는다
그녀는 그렇게 삼십 년
서울을 지나 목포를 지나
물에 가라앉은 우이도
시집온 날부터 그렇게 살았다
나는 그녀를 서울 한복판에서도 알겠는데
이름을 대라면 아직도 모른다
다음에 오면 물어봐야겠다
이십이 년을 드나들면서
오직 슈퍼민박
그리고 그 모래밭
그리고 지워진 내 발자국

발자국

텅 빈 모래밭에
둥지 튼 도요새
기다리지 않고 날아간다

우이도 돈목
바닷가
맨발로 걸어 다닌 발자국
그것마저 지워진 뒤
너를 대신할 아무 것도 없다

연애시

남의 연애시를 읽다가
싱거워서
내 연애시를 꺼낸다
그러나
다른 사람도 내 연애시를 읽다가
자기 연애시를 꺼내겠지

만나보고 싶은 여인

책장을 넘기다 세 여인을 만났다
신사임당(1504~1551) 47세
황진이(1516?~1558?) 42세?
허난설헌(1563~1589) 26세

시와 그림 속에서 사는 조선 여인들
신사임당은 효심에
황진이는 그리움에
허난설헌은 외로움에
서러움이 많았던 여인들
세상을 일찍 떠난 여인들
다시 돌아오지 않는 여인들
지금 살아 있으면 누구를 먼저 찾아갔을까
황진이일 거다
그리고 서화담 이야기를 꺼냈을 거다
그건 변명이다
임제(1549~1587)의 이야기를 전했을 거다
그것도 변명이다
그저 밝은 웃음 하나 보고 돌아올 거다

2009. 8. 28
가도 · 生

후기

1.

무엇에 부딪쳐야 한다. 그래야 문제가 생기고 그 문제에서 글이 나온다. '표류기' 같은 것 말이다.

돈목에서 산을 넘어 동으로 가면 진리라는 아늑한 마을에 닿는다. 그 마을 문 씨네 가게에서 라면을 끓여먹고 주인과 이야기를 나누다 일어났다. 문순득 씨의 '표해시말漂海始末'에 관한 이야기를 들은 뒤였다. 그리고 나는 숱한 표류기에 관심이 생겼다. 문순득의 '표해시말', 최부의 '표해록'과 장한철의 '표해록'은 나에게 그 누구의 표류기보다 소중했다.

나는 나의 시집 '먼 섬에 가고 싶다'(1995년) 말미에 '하멜의 표류기'를 쓴 적이 있다. 그보다 문순득, 장한철, 최부의 표류기는 내가 내 발로 밟고 다닌 섬에서 표류 당한 사람들이 쓴 것이기에 더 생생해지는 것 같다. 그 표류기를 시집 한 권으로 묶고 싶지만 우선 간결하게 담았다. 기록은 존재를 있게 하는 소중한 증거다.

2.

어느 모임에서 시를 읽다가 내 손이 떨리는 것이 새어 나갔다. 어느 독자는 그것이 파킨슨병 아니냐고 걱정을 하고,

어느 독자는 저 손이 글쓰기를 놓치기 전에 사인을 받아야 한다며 메모지를 가지고 왔다. 그때에도 나의 손은 약간 떨었다. 그러나 나는 늙어서 오는 가벼운 수전증 정도로 여기고 있을 뿐이다.

3.

죽음의 꼬리표가 수전증에서 알츠하이머로 비약하는 것은 흥미로운 일이다. 거기에 관련된 사람들이 하나 둘 떠오른다.

캐서린 헵번(1907–2003) 96세

로널드 레이건(1911–2004) 93세

요한 바오로 2세(1920–2005) 85세

무하마드 알리(1942–)

이 중에 가장 멋있는 사람이 무하마드 알리다. '나비처럼 날아서 벌처럼 쏜다'는 그 주먹, 그것은 주먹이 아니라 시다.

또 하나의 공통점은 헵번도 레이건도 요한바오로 2세도 배우였다는 사실.

알리는 배우는 아니지만 배우 이상의 배우다. 인종차별에 반항하여 금메달을 물에 던진 것과 징집영장을 받았을 때 '베트콩과 싸우느니, 흑인을 억압하는 세상과 싸우겠다'며 감옥으로 간 점.

4.

아내는 말하길 파킨슨병은 고약한 병이니 그것을 택하지 말라고 했다. 누구나 죽음에는 무슨 병이고 따라붙는 법인데 어느 병도 택할 만한 것이 못된다. 할 수 없이 짊어지고 가는 것이지. 그러나 나는 이미 택(?)한 후라 취소할 수 없다.

그래도 파킨슨병은 멋있는 병이다. 나는 영화배우 캐서린 헵번을 만나면 '러브 어페어'의 피아노 솔로를 들려 달라고 조를 거다. 시는 조르는 데서 나오는 수가 있다. 그럼 계속해서 시를 쓰겠다는 이야기인가. 그러고 싶다.

우이도로 가야지

초판 1판 1쇄 발행 2010년 5월 25일
개정 1판 1쇄 발행 2022년 9월 25일

지은이 이생진
발행인 김소양
편 집 권효선
마케팅 이희만

발행처 ㈜우리글
출판등록번호 제321-2010-000113호
출판등록일자 1998년 06월 03일

주소 경기도 광주시 도척면 도척로 1071
마케팅팀 02-566-3410 **편집팀** 031-797-3206 **팩스** 02-6499-1263
홈페이지 www.wrigle.com

ⓒ 이생진, 2022

값은 표지에 있습니다.

ISBN 978-89-6426-104-0 03810

잘못 만들어진 책은 구입하신 서점에서 교환해 드립니다.